KB198006

추억 여행

필로는 사랑 주는 책, 사랑받는 책을 만듭니다.

추억 여행

초판 1쇄 발행 2025년 1월 25일

지은이 배창돈
펴낸이 고경원
펴낸곳 필 로   **디자인** 필로디자인

등 록 제2013-000233호(2013년 12월 6일)
주 소 서울시 양천구 목동동로 437, 1103
전 화 (02)3489-4300 **팩스** (02)3489-4329
E-mail suvackoh@gmail.com

Printed in Korea.
ISBN 979-11-88480-15-9 03810

추억여행

배창돈 詩集

누구나 행복의 주인공이 되고 싶어 한다. 간혹 행복을 찾았다고 외치지만 허상을 붙잡고 잠깐 좋아할 뿐이다. 행복은 자신의 힘으로 얻는 것이 아니다. 반드시 창조주의 결재가 필요하다.

창조주 그분은 인생의 행복을 위해 최고의 수고와 아낌없는 헌신을 퍼부어 주셨지만, 대부분의 사람들은 그분의 사랑을 외면했다. 결국에는 잔인하게 십자가에 못 박았다. 그래도 그분은 포기하지 않고 계속해서 가까이 다가오셨다. 사랑에 빠진 사람들을 통해서 말이다. 나도 그분의 사랑에 빠져서 그분을 자랑하는 틈바구니에 서 있고 싶었다. 그래서 이 시를 썼다.

세월과 함께 희미해져 가는 내 삶의 추억 여행에 귀한 분들과 동행하고 싶다.

배창돈

차례 ━━━━━━━━

PROLOGUE 5

CHAPTER **1 아버지의 노래**

CHAPTER **2 하나님 앞에서**

CHAPTER 3 통영, 그리고 추억

WALK DOWN MEMORY LANE

아버지의 노래

아버지 생일날
면도기를 부쳐 드리고

아침에 축하 전화를 하니
벌써 출근하셨단다

죄송한 마음으로
이른 저녁 두 아들에게
아부형 전화를 걸게 한다

큰애는 할아버지……
막내는…… 생일 축하해요
아내는 죄송해요
그리고 나는 뭐 좀 드셨습니까
그저 말뿐이라
그래도 흐뭇해 하시는 아버지
뭐 이런 걸 부쳤노.

최고로 비싼 옷

오늘은 뜨개질한 조끼를 입었다
하루종일 따뜻하다
어머니가 며칠 밤을 새워
만든 투박한 옷

길거리를 오가는 화려한 멋쟁이가
부럽지 않다
세련된 옷이지만 사랑이 없다면
차가울 뿐이다

마음을 따뜻하게 감싸주는
어머니의 뜨개질 옷
지금도 변함없이
일 년에 한 벌씩 부쳐온다

조끼를 입어 스타일을 구겨도
최신 유행에 뒤져 촌스러워도
내 마음에 드는 최신 유행은
그래도 뜨개질한 털옷 뿐이다

어머니의 얼굴

어머니의 마음

어머니의 손이 그려진 이 옷은

정말 비싼 옷이다

아버지의 노래

어릴 때 아버지에게 들은
베르귄트와 솔베이지 두 사람의
뜨거운 사랑 이야기

가끔 소리내어 즐겨 부르시던
솔베이지 노래

오랜 헤어짐의 아픔이기고
사랑하는 사람과 만난 감동적인 이야기

마지막이 너무 아름다워
내 마음 사로잡았고

어느 틈에
마음 깊이 박혀
내 노래 되었네

아버지의 땀방울

새벽 두 시
꿈나라 헤매다 찾아온 불청객 복통
배를 붙잡고 뒹굴며 내는 신음소리에
황급히 들어오신 아버지

다 큰 아들 등에 업고
어두운 밤 쏜살같이 달려
통금 지키는 경찰관 지나치고

시골 병원문 두드리며
긴급 환자요
소리치는 아버지

응급실 침대에 아들 눕히고
곧 나을꺼다 조금만 참아라
얼굴엔 구슬땀이 송송…
주사 한 대보다 더 큰 아버지 사랑

단팥빵

초등학교 하교 시간
아버지를 만나
손잡고 집으로 가는 길
제과점 앞에서
팥빵 먹을래?

제과점 문 열고 사주신 팥빵
이 세상 최고의 맛
입안에서 솔솔 녹아내린다
세상에서 가장 맛있었던 그날의 팥빵

어느 날인가
일본 최고 전통 제과점에서 사먹은 팥빵
그 맛은 별로였다

아버지가 사주신 그 팥빵
기억에서 사라지지 않는다
오늘도 먹고 싶다

어머니

밤늦도록
뜨개질하다
불 켜진
방문을
살며시 열고

책 펴놓고
자는 아들
이마에
입맞추고
이불을 끌어다
가지런히 덮어주네

언제나 미소
봄향기 내고서
언 땅을 녹이듯
사랑
사랑
사랑

어머니 늦바람

교편생활 마치고
늦바람 난 어머니
꿈을 이루었다

외딴 곳에 밭을 일구어
봄이면 씨 뿌리고
가을이면 열매 보며 흐뭇

고추, 깻잎, 가지, 상추, 쑥갓
오이, 부추, 호박, 감자, 고구마,
토마토, 복숭아, 포도, 딸기
그리고 무우, 배추…

어머니 늦바람 덕에
밭은 농산물 백화점
먼데 사는 자식들에게
가지가지 싸서 택배로 보내고
밤 열 시 넘어 복숭아 가져가라는 전화

늦바람에 전문 농사꾼 된
어머니의 무공해 농산물
원 없이 먹어 본다.
어머니 늦바람 오랫동안 불었으면 좋으련만

나는 참으로 행복하다
하나님께서
나의 하나님이 되셔서
아내를 주셨기 때문이다

아내는
언제나 내게 이렇게 말한다
괜찮아요
잘했어요
걱정 말아요
고마워요

이만하면 욥의 아내보다
멋스러운 아내가 아닌가

스파게티

어릴 때는 몰랐다
구경도 못해봤다
동네 식당에도 없었다

오늘 저녁은 면 파티
집에서 처음 먹어봤네
유럽에서 온 그 이름

두 아들 모두 맛이 최고라네
설날의 특별메뉴
그 이름은 스파게티

오늘의 요리사는 아내
기막힌 스파게티
언제 또 먹어보나

아빠

두 살 난 아들과
입맞추며
함께 놀다
잠든 새 쓸쓸한 입맛

지그시 눈을 뜨니
지독한 냄새

아빠 얼굴
오르락거리며
시이소 타던
철부지
그만 실례를

그래도
요놈 하며
웃음 짓다
다시 한 번
입맞추고

사랑스럽게 바라보며
너는 꼭 나를 닮았구나
큰 소리 친다

라면의 추억

열감기 심하게 앓던 초등학교 6학년 어느 날
라면과 첫 만남을 가졌다.
어머니 끓여 주신 그 이름 왈순마 라면
첫 만남은 고열 때문에 참으로 씁쓸했네

심하게 추웠던 어느 한 겨울날
두 번째 라면과 만났다
아버지 정성담은 그 이름 소고기 라면
미식가들이 즐기던 우아한 명품요리
바로 그 자체였네

결혼을 앞둔 어느 날
세 번째 라면을 또 다시 만났다
장모님 사랑 가득 담아 끓인 양파 라면
참으로 행복한 맛이었네

가뭄에 콩 나듯이
아내 사랑 가득 담긴 영양 라면을 만났다
양파 미역 콩나물 버섯 계란 대파 마늘
맛도 최고 영양도 최고 그래서 안심하고 먹었다

초가집

고향 떠난
삼 년 만에

초가집에
오순도순 살 때

비오는 날은
천장에서 비가 새고

조용한 밤엔
서생원들의 널뛰기

폭풍우 치는 날이면
부모님의 염려 전화

어느 날 상경하신 아버지
야! 희한한 데 사는구나

하룻밤 묵지도 못하시고
여관 신세를 지시네

언젠가 하나님은
대궐같은 집 주시겠지

WALK DOWN MEMORY LANE

<table>
<tr><td></td><td></td><td></td><td></td><td></td><td></td><td></td><td></td><td></td><td></td><td></td></tr>
<tr><td></td><td></td><td></td><td></td><td></td><td></td><td></td><td></td><td></td><td></td><td></td></tr>
</table>

CHAPTER **2**

하나님 앞에서

세월

흘러가는 강물처럼
다시는 퍼담을 수 없는
아쉬운 허상아

사랑하는 사람과
뼈아픈 이별을 몰고 오는
잡을 수 없는 어두움이여

그러나
새롭고 밝은 시간을 향해
인도하는 희망이기도 하지

오 주님
세월을 붙잡아 주소서

사랑에 빠져서
살고 싶다고 소리치며
평화로움을 노래하는 시간에

주님
그때에 꼭 붙잡아 주소서

소낙비

주님
누구를 위한 비입니까
새벽 미명 깊이 잠든 사람에게
무딘 마음 가진 친구여
일어나라
여기로
홀로 비와 친구 하렵니다

주님
누구를 위해 주십니까
물먹고 싶은 산천초목에게
많은 수확 기다린 농부여
일어나라
여기로
홀로 한껏 안아 주렵니다

바보처럼

영악한 세상
영악한 사람
그래서 힘들다

차라리
바보처럼 살면
쉽게 살 수 있을 것을

바보처럼 살자
이 세상에서
일시적인 바보로

그래서
주님으로부터
칭찬받을 수만 있다면

바보처럼-
바보처럼-

영혼

웃음
포즈
말

사람들이 모이는 곳
언제나 시끌벅적

무엇을 보나
무엇을 생각하나

마네킹처럼
애완견처럼
살 수는 없지

가치의 옷을 입고
목적을 바라보며
미래로 가는 길

영혼 때문에
영원도 있고
소망도 있다

이제는 어찌하나

수많은 무덤 앞에 새겨진 삶의 흔적들
구름처럼 지나간 세월의 회한
미래에 대한 소망이 담겼네

평범한 무덤
화려하게 치장한 무덤
이생의 즐거움을 내세까지 끌고 가려 하지만

젊은 처자의 무덤 앞에 놓인 꽃다발
하늘나라까지 가져갈 수 없으니
어찌하나

하늘의 처소를 미리 준비했으면
미련 없이 두고 갔을 텐데
어찌하나

죽음은 미리 준비하는 것
이보다 더한 지혜는 없는데
이제는 어찌하나

만나게 하소서

주여
새벽에 도우시며
한적한 곳에서
새벽을 맞이하심을 알게 하소서

새벽에 빌라도에게 넘기우심으로
자신을 포기하셨음을 알게 하소서

향유를 안고 뛰었던 치마두른 여인네처럼
예수님을 만나게 하소서

새벽별을 유난히 사랑하셨기에
새벽별이라 하셨음을 아오니

주여
그때에 꼭 만나게 하소서

시시비비

내 생각이
옳습니다

아니요
내 생각이
옳습니다

그래도
내 생각이
옳습니다

남자
여자
어른
아이들
서로 옳다 하네

솔로몬에게 물어볼까
아니면
누구에게

공평한 심판자인
하나님께 물어보렴

구름

산을 베게 삼고
하늘과 마주보며
떠도는 방랑자

어제는
하얀 솜으로
다윗성을 만들고

오늘은
흰 눈으로
헐몬산을 그렸네

내일은
천사가 좋아하는
하얀집을 지을까

멋스런 조각가
맵시있는 화가
그대는 떠돌이 허상

인생

예고된 날을 기다리다 태어나
구름처럼 살아가는 나그네

요란하기도 하지
꽃과 같고
아침에 돋는 풀처럼 싱싱하여도

한 치 앞도 못 보는 양처럼 허우적거리다가
한순간에 티끌로 돌아가노라

하지만
잠시 후에 다시 만나서
사랑하는 이들과 함께
사랑의 노래를 힘차게 부르리라

공짜 인생

해   달   별

공기   물   불

산   바다   하늘

나를 위해 공짜로 주신
하나님의 선물
좋다
너무 좋다

졸지도
주무시지도 않고
나를 지키시는 하나님이 주신
공짜 선물

언제나 최고만을
받고서도 무감각하니
참으로 얄미운
공짜 인생

죽음

누가 죽음을 영원한 이별이라 했나
아니야
잠시 동안의 헤어짐일 뿐이야

누가 죽음을 슬픔이라고 했나
아니야
슬픔의 마지막일 뿐이야

누가 죽음을 마지막이라고 했나
아니야
죽음은 새로운 시작이야

누가 죽음이라고 했나
아니야
잠시 잠자리에 드는 것이야

눈물
아픔
미움에서 해방되는 날
축제의 날

잠시 후에 만나자꾸나

영원한 가족

머나먼 중국 오지에서
기쁜 소식 전하며
거듭남의 기쁨을 맛보았던
선교사가 있었다네

사랑하는 아내와
여섯 명의 자녀 낳고
거듭난 자와 함께 기뻐했던
그의 이름은 부루스 에머슨

삼십칠 년 살다가
유복자 남겨두고
박해자의 칼에 맞아 순교한
사랑의 사도

열정을 안고
고향 루이지애나를 떠나와
젊음을 영원히 가지고
영원한 본향으로 떠나고

이별의 아쉬움을 십자가에 녹이며
살인자 찾아 용서하고
남편 있는 본향을 사모하던 아내는
복음의 나팔수 되고

바울처럼
허드슨 테일러처럼
부루스 에머슨도
주님의 자랑스런 동역자

아름다워라

아름다움은
하나님께로부터

세상을 만드시고
하나님도 감탄하셨지

가을을 알리는
낙엽조차도 아름다워라

새 생명을 위한
밑거름 되어
하나님의 뜻 받드니

모두는
참으로 아름다워라

성탄

헤롯이 기겁하고
예루살렘은 놀랐지만

목자들과 동방박사
기뻐하며
베들레헴까지
단숨에 달려와

황금, 유향, 몰약 드리고
경배하며

왕이 나셨네
구세주가 탄생하셨네

하늘에는 영광
땅에는 평화

천군 천사의 찬송
구유에 누인 아기를 향해

그리스도인

예수를 믿는 사람
예수를 주인으로 모시고
그 분의 뜻대로 산다

일 시작 전
그분의 결제를 받고
하찮은 것까지
그분이 싫어하면 그만둔다

목소리 낮추어
그분의 말씀을 듣고
말할 때도 그분을 바라보니
세련되지는 못해도
사랑과 화평을 나눈다

온전하신 분이기에
그분의 뜻대로만 하면
세상만사
이렇게 편할 수가

그날까지

얼마나 오랜 시간
기다렸는지

웃는 날까지
기다리자꾸나

다시 만날
그날까지

크게 자랑할
그날을 바라보며

참고 삼키며
기다리자꾸나

3년
13년
40년

이렇게 결정하세요

하나님께 물어보셨나요
하나님께서 허락하시던가요
하나님께서 좋아하실까요
하나님 나라에 유익한가요
하나님의 뜻인가요
다시 한 번 물어보세요
이제 결정하세요

사랑 1

눈으로 마주쳐서
얼굴로 웃음짓고
마음으로 대화하며
함께 손잡고
꿈을 일구었지

한 손으로 시를 쓰고
두 눈으로 비너스를 보며
마음으로 추상화를 그리다가
잘못됨에 속상해서
눈물을 훔쳤지

울다가
다시 웃고
갑자기 덫에 걸려
꼼짝달싹 못하는 쥐처럼
미친 듯이 허둥대었지

사랑2

자신을 버리고
닮아가는
새로운 형상

욕심을 초월하여
인생의 포만감을
누리는 길

버리고
주어서
빈털터리
그래도 마음은 부자

감격하고
기뻐하며
눈물을 흘리는
언제나 청춘

짧게 살아도
길게 산 인생
사랑 때문에

사랑 3

복잡한 인간관계
얽히고 꼬여도
풀어버리네

결국
승리를
안겨다주네

원수도
감화시켜
굴복시키네

마음의
깊은 상처
치료해 주네

그것은
바로 바로
사랑 사랑이라네

사랑만이
모두를
사로잡아
하나로 묶어주네

사랑 4

책임질 각오가 되어 있나
고통을 나눌 각오가 되어 있나
함께 눈물을 흘릴 수 있나
오랜 시간을 포기할 각오가 되어 있나
모든 것에 손해볼 각오가 되어 있나
후회와 감회가 교차하므로
용기가 없으면
사랑하지 마라
피차를 위해

WALK DOWN MEMORY LANE

CHAPTER 3

통영, 그리고 추억

나폴리

내 고향 통영은
한국의 나폴리라

판도다리 거닐며
절경에 심취되어
밤늦도록 들락거려도

짧음의 아쉬움은
가로등 너머 아른거리는
야경과 함께 소리 지른다

바다

오늘은 누굴 기다리나
저 멀리서 달려오는 통통배인가
깊은 곳에서 뛰어오르는 고등어인가
높은 곳에서 날개짓하는 갈매기인가
누군지 파도로 말해주렴

바다의 하루

크고 작은 섬 뒤로 하고
은빛 물결 가르며 흘러가는 통통배
어디로 저렇게 바삐 가나

하늘과 맞닿은 저 멀리 푸른 바다도
쉴 새 없이 바쁜 삶의 현장

갈매기의 멋진 비행
통통배의 요란한 엔진소리

잠시 후
소리 잦아들고
제 갈 길 찾아 간다

바다는 잠시
잔잔한 호수로 돌아간다

바다 소리

파아란 물결에 매료되어
연발하는
감탄의 소리

출렁이는 물결 보며
월척 꿈꾸는
강태공의 침묵

갈매기의 날개짓 보며
행복을 노래하는
연인들의 속삭임

넓고 넓은 바다처럼
모든 것 보듬자는
부부의 미소

바다는 말한다
당신의 소리를
큰 소리로 말하라고

옛 친구

한밤에
앨범을 펴니
옛 친구들이 시야에 들어온다
함께 울고 웃고 위로하던 이들
지금은
제 갈 길로 갔다
사진이 유난히 크게 보이는 이유는
뿌연 앙금을 뿌리고 떠났기 때문이다
마음이 저려온다
내게 타임머신이 있다면
다시 한 번 함께 걷고 싶다
그리고는 종종걸음으로
철책선을 삼겹으로 에워싸
다시는 세상으로 가지 못하도록
포로로 만들어 버리리라
이 밤
그들은 무얼하고 있을까

바닷가 식당

시골 바닷가 아침 식사 중
오늘의 메뉴는 매운탕
식당 주인어른의 입담은 보조 메뉴

우리는 자연산만 취급해요
제 아버지는 목회자요
이번 봄에 서울에서 왔어요

그래서 식당 이름이 온유 식당인가
제 아내는 온유하다는 말 들어요
그런데 저는 못 들어요

반찬 맛있다는 칭찬에
그렇다고 밥값 한 푼도 못 깎아 드려요
다음에 또 올께요

아저씨는 묵묵부답
아줌마만 고개 숙여
감사합니다 또 오세요

파도야

파도야
하얀 물보라 뿜고 오는 너는
지금까지 무엇을 하다가 왔니

파도야
초록빛 어울려 다가오는 너는
크고 작은 섬들과 어울려 노닐었니

파도야
거센 물살 몰고 오는 너는
많은 물고기 함께 뛰놀았으니

파도야
이제는 맑은 물 그득하게 퍼와서
지치고 아픈 상처 가져가 주렴

해저터널

동양 최초의 해저터널
호기심으로 입구에서 기념사진 찍고
해저에 대한 기대감으로 걸음을 내딛는다.

한참 걸어도 보이지 않는 바닷속
터널을 빠져나가며 한 마디
이게 무슨 해저터널이야

학창시절 통학하던 정든 길
짠물 속에서 자리 지켜 준 고마운 길
통영 바다 밑 해저터널

1932년에 태어나
461미터의 짧은 길이지만
언제까지 정겨운 길로 남아 주었으면

오빠 생각

초등학교 3학년 시골 깡촌 학교 다닐 때
서울에서 방문한 누나 이야기에 정신 빼앗겼네
달콤한 이야기 주제는 '오빠 생각'

시간은 왜 그렇게 빨리 가는지
몰려오는 어둠에 떠밀려 아쉬움을 뒤로 하고

엉덩이에 묻은 흙 툭툭 털어내며
아쉬운 한마디

재미있게 잘 들었심더
내일도 재미있는 이야기 해 주이소
그 날 이후 누나는 다시 볼 수 없었다

헤어짐

짜릿한 기대감 속에서
얼굴을 맞대고 웃었고
다시는 헤어짐이 없을 것처럼
속삭였기에 더욱 놀랐소

새벽에 만나서 눈짓하고
얼굴을 마주보며 마음을 전했고
성경을 보며 아름다운 집을 짓자고
약속했기에 더더욱 놀랐소

주책스럽게 웃었고
때도 없이 전화기를 들었지만
이제는 소용없는 옛이야기
지금 마음이 쓰리고 아프다오

그러나 하나님의 뜻이라면
다시 만나서
서로 껴안으며
다시 한번 망각 증세를 보이고 싶소

죽을 때도 서로 떠나지 아니하며

참된 우정은
죽을 때도 서로 떠나지 아니하며
나의 비밀을 지켜 주고
넘어지면 일으켜 주고
제자를 사랑한 예수님같이
자기 목숨을 희생하며
한 마음 한 뜻 되어
뜨거운 불속에서 그 진가가 나타나는
보석과도 같은 것

코스모스의 마음

진달래처럼 아름다운 산을 베개 삼지 아니하고
장미처럼 화려하지 아니해도
국화처럼 사람들의 사랑을 받지 못해도
해바라기처럼 뽐내지 않고
그저 떨어지는 그곳을 고향 삼고
묵묵히 피어나는 코스모스

유월부터 시월까지
그 기한이 다할 때까지
온갖 수모 받으며
여덟 개로 갈라진 설상화는
하나같이 웃고 서 있으니
너는 참으로 귀하구나

불평 많고 욕심 많은 사람들에게는
어리석게 보여도
벌과 나비 구별할 줄 아는
순결한 코스모스여
너는 정말 생각이 깊은
우주의 꽃이로구나

그대여

과거의 흠집
아픔의 추억
겨울바람과 함께
시베리아로 날려 보내고
다시 되새기지 않으리

마음에 응어리 만들고
떠나간 사람
봄날의 햇살에 녹여
돋아나는 새싹처럼
바라보고

혼자 흘리던 눈물
추억되어
아름다운 옛이야기로
마음에 담아두리

그대여
잊어버렸다오

당신도
잊어주오

하루

24시간
1,440분
86,400초

아쉬운 날
시간을 시간답게
보내지 못함이라

그 무엇과도
바꿀 수 없는
하나님이 주신
창조의 선물

죽음을 앞둔
유한한 인간
그래서
더욱 귀한 하루

내 생애에서
하루가
사라져간다

주님
그대로
하루를
주신 것으로
감사해요
죄송해요

고운 말

어릴 때 가슴에 붙이고 다닌
자랑스런 표어
고운 말 쓰기

욕설에 무감각해진 세대
어두워져 가는 미래
고운 말이 그립다

욕설로 도배 된 세상
핸드폰에게 고래고래 고함치는 아줌마
집에 들어오면 죽여버릴 거야

부족한 안식처

밥 좀 주이소
아침 식사 시간이면 들리는 소리

시래기국에 밥 말아 깡통에 부어 주니
고개 숙여 감사하며 멀어져 간다.

집 앞 큰 개울 다리 밑
그들의 부족한 안식처

가야 할 곳 없는 처량한 인생
이 땅을 떠나면 어디로 가지

겨울

눈 오는 어느 날
멀리서 움츠린 젊은이가
눈을 내리깔고 다가온다

낯익은 얼굴이 아닌가
칠 년 전에는 하늘을 향해
기지개를 켜던 대학생이었는데

삭막한 세상에 짓눌렸는지
추운 겨울 날씨에 압도당해서인지
눈동자가 희멀겋다

미래를 꿈꾸던 젊은이가
강추위와 얼어붙은 세상의 찬서리를
가슴에 안고 어디론가 사라져 간다

저려오는 마음

설레임 속에
손 모아 기도하며
힘껏 어깨동무했지
그분을 위하여

눈 오고
비 오며
바람 불어도
그분을 위하여

잠깐 사이
빙그레 웃으며
어디로 갔나
데마처럼

지난 시간의 아쉬움
그분은 어디로 갔나
저려오는 마음
어찌할까

사소한 것

말 한 마디
얼굴 표정
손짓

사소한 것이
인생을 괴롭힌다

부부싸움
국가간의 분쟁
모두
사소한 것에서
시작된다

사소한 것을
사소한 것으로
생각하지 않으면

분쟁에 휩싸여
고통을 당하게 된다

넘기라
웃어넘기라
그러면
정말 사소한 것임을
알게 될 것이다

아무것도 아닌 것을

오해도 하고
미워도 하고
분노도 하지만
알고 보면
아무것도 아닌 것을

시기도 하고
부러워도 하고
억울해하지만
지나고 보면
아무것도 아닌 것을

울기도 하고
비난도 하고
싸우기도 하지만
사랑해버리면
아무것도 아닌 것을

좌절도 하고
저주도 하고
갈라서기도 하지만
용서해버리면
정말 아무것도 아닌 것을

아무것도 아닌 것이다
이 모두가

이거 얼마요
싸게 해 주세요
안 돼요

시금치 몇 단 가지고
먹고 살아야지요
너무 해요

일 년 농사
헐값에 팔려 가네
멋쟁이 아줌마
십 원에 바들바들

삶의 전쟁터
꽁꽁 언 손을 비비고
호- 호-

잠깐

오늘도 잠깐
내일도 잠깐

기쁨도 잠깐
슬픔도 잠깐

이 땅의 모든 것은 잠깐
잠깐 사는 인생

그래도 영원이 있다네
지금부터 영원을 준비하자꾸나

종착역에 다다르면

버스 안은 사람을 만나는 곳
잠시동안이지만 대화를 나눈 이들이
얼마나 많은지

잡상인　시인　학생　수녀……

그들의 얼굴은 도무지 기억에 없다
대부분 중간에서 내렸기 때문이다

새로운 사람이 타면 다시 내리고
종착역에 다다르면
언제나 손님은 한 두 사람

먼저 타서 오래 가는 사람
늦게 타서 빨리 내리는 사람

언제 내릴는지 도무지 알 수 없는
사람들 틈에서
차창 밖과 사람을 뚫어지게 바라본다

종착역

차창 밖의
바람을 기르고 달리는
영구차

유가족을 태우고
눈 속을 달려가는
내세행 버스

눈물을 닦으며
슬퍼 우는 아낙네의
처량함

인생이
결국 가야 할
종착역

천국이
아니면
지옥이라네

어떤 비석

47세로 생을 마감한 무덤 앞에서
웃고 있는 과거의 얼굴을 본다.
비석에 박힌 깨알 같은 글귀
지난 날의 화려함을 보여준다

옥구슬 같은 아름다운 목소리
지금은 들을 수 없지만

일만 칠천 일로 생을 마감하고 떠난 비석 앞에
모형 마이크가 아직도 감미로운 목소리를 담은 듯
목소리처럼 저승길도 아름다우면
얼마나 좋을까